ÉPITRE

D'UN

CONSTITUTIONAIRE

AUX

ÉVÊQUES DE FRANCE.

M. D. C. C. L. V.

ÉPITRE

D'UN CONSTITUTIONAIRE

AUX ÉVEQUES DE FRANCE.

O Ciel ! tout eſt perdu : nos hardis Magiſtrats
L'emportent, j'en frémis, ſur nos humbles
    Prélats.
La bulle, cette loi ſi ſainte, ſi divine
Déja perd ſon crédit, & tend à ſa ruine.
Enfants de Loyola, quelle eſt votre langueur ?
Pour la cauſe du Ciel vous êtes ſans vigueur.
Vous, qu'on voyoit jadis pleins d'un zele héroïque
Epuiſer tout, tréfors, intrigues, politique
Pour fournir au décret le plus ſolide apuі,
A préſent peu jaloux de faire un pas pour lui,
Spectateurs des affronts faits à la ſainte bulle,
Dans le ſein du repos vous dormez ſans ſcrupule.
Cet ouvrage ſi beau, conſtruit à ſi grands frais,
Vous le ſacrifiez à l'amour de la paix :
Et vous, de notre foi ſacrés dépoſitaires,
Vous, chargés par le Ciel du ſoin de nos miſteres,
On attaque aujourdhui le plus profond de tous,
La bulle. Pour agir, Prélats, qu'attendez-vous ?
Rapellez-vous ce tems, que bornant votre zele

Au triomphe important de cette loi nouvelle ;
D'un vif enthousiasme animés à la fois ,
Vous faisiez pour sa gloire entendre mille voix.
De Mandemens nombreux vous inondiez la France ;
Vous prêchiez à l'envi l'aveugle obéissance.
La foi sans cette bulle étoit en grand péril.
Interdits rigoureux, noir cachot, long exil,
Tout vous paroissoit doux , pour punir le rebelle ,
On connoit à ces traits un véritable zele.
Aussi dans ces beaux jours quels furent vos succès !
Du Décret triomphant quels rapides progrès !
Tout plia , & la victoire alloit être complette,
Quand parmi les vaincus honteux de leur défaite,
Votre œil perçant découvre un vil tas d'imposteurs
Qui ne font que semblant d'aplaudir aux vainqueurs.
En secret attachés au parti qu'ils trahissent,
Ils signent en secret la bulle qu'ils maudissent.
La crainte qui les fait souscrire lâchement ,
Seule conduit leur main , & le cœur la dément.
L'amour propre est leur Dieu, l'interêt leur mobile.
Dévots dont l'air benin sourit à l'Evangile,
Mais qui par d'heureux tours, chrétiens sous le turban,
Comme loi du plus fort, signeroient l'alcoran.
Cœurs doubles, esprits faux , odieux hipocrites
Qui la bulle à la main , ennemis des Jésuites ,
Se couvrent du décret pour mieux en imposer
Et ne rampent sous lui que pour le renverser.
Quelle foule en effet d'acceptans Jansenistes ?
Soumis en apparence, au-dedans Quenelistes,
Qui disent anathême à leur chef si cheri,

Et lifent à genoux fon livre favori.
Vils Oratoriens, ambigus perfonnages ;
Bénédictins trompeurs, qui mafquent leurs vifages,
Qui devant le Prélat, difent, nous acceptons,
Et dans le fond du cœur, difent, nous apellons.
Sans peine pénétrant cet odieux miftere,
C'eft fur eux que B... jette un œil de colere.
Oui, ce font là, dit-il, nos plus grands ennemis,
D'autant plus dangereux, qu'ils paroiffent foumis;
Apellans déguifés, par de fourdes intrigues
Contre nous en fecret ils fomentent des brigues.
Et fçavent oppofer, en s'armant contre tous,
Leur manœuvre à la bulle, & la bulle à nos coups.
Oui, c'eft fous ton abri, lâche Tolerantifme
Que fe foutient encor l'odieux Janfenifme :
Ta chute entraînera la fienne, & déformais
C'en eft fait, c'eft fur toi que vont tomber mes traits,
Il dit, pour demêler dans la foule acceptante
Les protecteurs cachés de la fecte expirante,
Que fait ce grand Prélat? (O France dans B...
Admire les refforts d'un efprit fi fécond.)
Du fond de fon Palais, (quel heureux ftratagême !)
B... manifeftant fa volonté fuprême
Ordonne (du Prélat tel eft le bon plaifir)
Que chaque Tolérant, fidele à fe trahir,
Lui dife en un billet, objet de fes recherches;
C'eft moi, fage Prélat, oui, c'eft moi que tu cherches.
L'ordre part, c'en eft fait, fi le coup réuffit,
L'appel eft confondu, l'erreur s'évanouit.
Déja des Tolerans la cabale tremblante,

S'allarme, & chez les siens va semer l'épouvante.
Le refus du billet, grand crime au seul aspect,
Attire un anathème au moribond suspect.
L'accorder ! tout s'écroule, & la cause succombe.
Des Quesnels clandestins, alors le masque tombe ;
Et B... découvrant tous ceux qu'il doit frapper,
Va, le tonnerre en main, fondre & tout dissiper :
Quand du fonds du barreau, suivi de la chicanne,
S'avance avec lenteur un cortege profane
Grave dans son maintien, la regle & le compas
Semblent toiser ses mots & mesurer ses pas.
Un air de majesté brille sur les visages.
Qu'auroit dit Cineas, à l'aspect de ces sages,
Dont le corps inspirant le respect, la terreur,
Sous l'éclat de la pourpre offre tant de grandeur ?
Mais au-dedans qu'est-il ? Lui doit-on des louanges ?
Hé, que fait-on ? L'erreur a séduit jusqu'aux Anges.
Ministres de Themis, augustes Magistrats,
La balance à la main ; où portez-vous vos pas ?
Dans vos yeux étincele une ardeur téméraire.
Arrêtez, ce chemin conduit au sanctuaire.
« On le sçait, dites-vous, nous connoissons nos droits :
« L'Eglise est dans l'Etat, & l'Etat a ses loix.
« Pouvons-nous, sans trahir les loix de la patrie,
« De la maison de Dieu permettre l'incendie ?
« Themis sur l'encensoir ne porte point ses droits.
« Mais, s'il met tout en feu, doit-elle être sans voix ?
« Sa crosse a son district. Celui de la balance
« Embrassant tout Etat, est sans bornes en France.
« Quiconque du public ose troubler la paix,

" Au pied de notre Cour eſt cité ſans délais.

" Dans l'état le plus ſaint, loin d'être irréprochable ;

" Auroit-on le droit d'être impunément coupable ;

" Et bravant la rigueur de notre Tribunal,

" L'orgueil d'une tonſure enhardiroit au mal ?

" Non, comme pour l'Etat les loix ſont pour l'Egliſe,

" La mître a notre glaive en tout tems fut ſoumiſe.

" Des Prélats à la fois Sujets & Souverains,

" Nous leur baiſons les pieds & leur lions les mains.

" Abuſant aujourdhui des billets qu'ils exigent,

" Ivres d'un fol eſpoir, en tirans ils s'érigent.

" Des miſteres ſacrés ſimples diſpenſateurs,

" Pourquoi donc, oſent-ils, hardis uſurpateurs,

" D'un bien commun à tous s'emparer par caprice,

" N'en jamais diſpoſer qu'au gré de leur malice,

" Sur les préſens du Ciel impoſer des tributs,

" Flétrir des citoyens par d'injuſtes refus ?

" Perſécuter des Saints, tiranniſer des Prêtres ;

" Les chefs du ſanctuaire en ſont-ils donc les maîtres ?

" Quel trouble dans les loix, que d'horreurs dans l'Etat !

" Si nul frein ne contient l'ambitieux Prélat,

" C'eſt à nous d'arrêter l'abſurde fanatiſme,

" D'un zele qui paroit viſer an deſpotiſme.

" Toujours ſage, la loi dans le François Chrétien

" Apprend à diſtinguer le François Citoyen.

" qu'à la voix du Paſteur l'un ſoit toujours docile ;

" L'autre à l'abri des loix doit trouver un azile,

" Et pour jouir d'un bien qui paroit être à lui,

" Il ne doit pas envain réclamer notre appui.

Telles ſont du barreau les maximes hardies,

On diroit fur le vrai qu'elles font établies ;
Et l'équité paroit leur prêter fes couleurs.
Gardez-vous d'écouter ces difcours féducteurs.
Prélats, Rome a parlé, de Rome rien n'émane
Que de faint, du Palais rien qui ne foit profane.
Une bulle acceptée eft un oracle fûr.
Tout ce qui la combat n'eft qu'un fophifme impur ,
Du rufé novateur, artifice frivole.
Mais que vois-je ! grand maître en l'art de la parole ,
M... contre la bulle ardent , on fçait pourquoi ,
Vole au trône, & contre elle ofe animer fon Roi.
Là voilant avec art fes projets facrileges.
« Prince, à ta piété, dit-il ; on tend des pieges.
« Cette bulle qu'on dit décider fur la foi
« N'en regle aucun article, & n'eft point une loi.
« Que dis-je? Elle perd tout, fource d'un mal extrême;
« Et pour la condamner, je ne veux qu'elle même ,
« Qu'on la life, un coup d'œil eft contre elle un arrêt.
« L'erreur de fon poifon en fouille chaque trait.
« Peu content de flétrir toute vérité fainte ,
« A tes droits, à nos loix ce décret donne atteinte ;
« Il triomphe. Déja le mal eft violent ;
« Et jufqu'au trône enfin tout devient chancelant.
« De la religion ces Miniftres avides ,
« toujours hommes, fouvent font d'infideles guides.
« Chef d'une Eglife fainte, ils n'en font pas plus faints.
« Souvent l'ambition enfante leurs deffeins.
« Pleins d'ardeur au-dehors contre un faux Janfenifme,
« Ils n'en ont dans le fonds que pour le defpotifme.
« Et quand du tabernacle on a les clefs en main,

On

« On peut en abufer contre fon Souverain.
« Un faux zele nous rend faintement fanatiques ;
« Si nous fommes en place, il nous rend tiranniques ;
« Et bientôt un tiran dont le front eft mîtré,
« N'offre à l'œil ébloui qu'un Souverain facré,
« Dont l'orgueil maitrifant un peuple trop crédule,
« Lui feroit refpeɛer la plus honteufe bulle.
« Quel eft de nos Prélats, SIRE, le vrai projet ?
« Se rendre indépendant, voila leur grand objet.
« Aux caprices divers d'une vaine arrogance,
« Pouvant du fanɛuaire affervir la balance,
« Ils auront dans la bulle érigée en devoir,
« Un moyen d'ufurper le fouverain pouvoir.
« Le fujet à fon Roi, fi le Prélat l'ordonne,
« Devra par confcience arracher la couronne.
« D'un injufte interdit menace-t-on quelqu'un,
« Tout devoir à fes yeux ceffe alors d'en être un ?
« Et t'obéir, grand Roi, devoir fi légitime,
« Si Rome le défend, dès lors devient un crime.
« Jugez donc par ces traits, d'une regle de foi
« Qui conduit le poignard dans le fein de fon Roi.
« L'Evangile, il eft vrai, tient un autre langage.
« Auffi la bulle a foin d'en défendre l'ufage.
« Et fur tout en François, ce livre ne vaut rien ;
« La bulle déformais eft le lait du Chrétien. „
C'eft ainfi que M... diftille avec prudence
Les craintes, les foupçons, la noire défiance.
Louis plein de bonté l'écoute ; il craint l'erreur :
Il veut la paix. Qu'un Roi doit fouffrir dans fon cœur,
S'il voit à chaque pas des embuches à craindre !

B

Plus il aime le vrai, plus il paroit à plaindre :
Aux loix, à fes fujets, à la religion
Louis pere commun, doit fa protection.
Que va-t-il décider ? L'amour de la juftice
Le rend aux deux partis également propice.
Sa piété fufpend l'activité des loix.
Son zele pour Thémis en ranime la voix.
Il balance... Prélats, voici l'inftant critique
Qu'il faudroit de Louis fixer la politique.
Quittez donc vos troupeaux, Pafteurs, c'eft à Paris
Que la religion vous demande à grands cris.
N'ayez point de fcrupule : allez, pour fa défenfe,
Le Ciel à vos grandeurs défend la réfidence.
B... de notre foi l'interprète aujourdhui,
Ce Docteur de l'Eglife, & fon plus ferme appui ;
Voyez, la feuille en main, il vous attend au Louvre ;
Et pour vous recevoir fon antichambre s'ouvre.
Dociles à fa voix, vous accourrez enfin
Apprendre vos devoirs du fage Théatin.
Pontife des François, toi qu'un rare mérite
A fait du rang obfcur de fimple Cénobite,
Paffer au pied d'un trône, où tes mains à ton gré
Balancent les deftins de l'empire facré.
B..., Il en eft tems, de ton vafte génie
Hâte toi d'employer la puiffante induftrie.
Ame d'un corps immenfe, anime fes refforts.
L'Eglife a dans tes mains la clef de fes tréfors.
Répands-les pour la bulle. Aux plus froids dans ta place
On peut en fa faveur infpirer de l'audace.
Ne faits rien que pour elle, on fera tout pour toi.

La ſcience n'eſt rien : donne tout à la foi.

Des Evêques fameux ſaint Sulpice eſt l'école.

Que des Prélats naiſſans la bulle y ſoit l'idole.

Quels tranſports dans leurs cœurs, quel feu dans leurs
        eſprits,

Du zele le plus vif ſi la mître eſt le prix !

Tout ſeconde mes vœux : une celeſte flamme

Se répand dans B..., & tranſporte ſon ame.

Jour & nuit occupé du décret important,

Son zele à l'exalter conſacre chaque inſtant.

Les Prélats affoiblis, d'un mot il les ranime,

D'un regard il inſpire une ardeur magnanime.

Profond dans les détails, il voit mille beautés

Où l'œil le plus perçant ne voit qu'obſcurités.

La bulle eſt à ſes yeux un chef-d'œuvre, il l'adore;

Et Queſnel eſt pour lui la boëtte de Pandore.

Il met tout en uſage, adreſſe, activité,

Promeſſes, coups d'éclat, faveur, autorité.

Sous ſes yeux, par ſon ordre, on s'aſſemble, on travaille;

On compoſe à Paris, on s'intrigue à Verſaille.

Le Jéſuite allarmé pour la foi qui s'éteint,

Contre les Parlemens s'anime, & les dépeint

Frondeurs, Ligueurs, Anglois & Janſeniſtes même,

Développe en traits noirs leur funeſte ſiſtême.

B... pour ſeconder de ſi nobles efforts,

De ſes puiſſans billets fait agir les reſſorts.

Les beaux jours de l'Egliſe alloient renaître en France:

Mais quel affreux revers trompe mon eſpérance !

Trop éloquent M... tu triomphes, ton Roi

Donne enfin un Edit : mais quelle étrange loi !

Au type de Conſtant on voit qu'elle reſſemble.
La vérité pâlit. Le ſanctuaire en tremble.
La bulle, ce tréſor qui depuis quarante ans
Rend l'Egliſe & l'Etat riches & floriſſans ;
Elle qui nous formoit tant de Prélats célebres,
Va donc par cette loi tomber dans les ténebres ?
Louis, las d'un décret dont il craint les abus,
Pour ramener la paix, veut qu'on n'en parle plus.
Sur l'oracle de Rome il impoſe ſilence.
Si l'on n'en parle plus, que faut-il qu'on en penſe ?
Ah, grand Roi, qu'as tu fait ! A ta religion
Ton amour pour la paix peut faire illuſion.
Tu veux dans tes Etats, que jadis inconnue
La bulle ſoit pour nous comme non avenue.
C'eſt exiger, grand Roi, qu'on la compte pour rien.
C'eſt dire : elle ne peut faire éclore aucun bien.
Que de biens cependant la bulle nous procure !
Une doctrine ſaine, une morale pure,
Ce Clergé ſi ſçavant, ces Docteurs éclairés,
Ce ſaint empreſſement pour les livres ſacrés,
Chez les Berulliens ce coup d'œil qui nous charme,
Chez les Genovéfains la ſecte qui s'allarme.
Tant d'Apôtres nouveaux dans ces ſages Paſteurs,
Des anciens en tout zelés imitateurs :
De tant d'heureux objets le charmant aſſemblage
De la bulle, on le ſçait, eſt l'admirable ouvrage.
Et Louis aujourdhui nous défend d'en parler.
Sur cet ordre, Prélats, devez-vous reculer ?
Faut-il donc en tout tems reſpecter les puiſſances ?
Louis maître des cœurs, l'eſt-il des conſciences ?

Non, B... fur la fienne ardent à fe regler ;
Dès qu'il entend fa voix, fçait bien qu'il doit parler;
Il parle; des Prélats rien n'arrête l'alcide;
Et pour mieux découvrir le novateur timide,
Que couvre le manteau du tolérant trompeur.
Sous celui de la bulle il cherche l'impofteur.
Au zele, il joint la rufe, ingénieux Apôtre,
Par le canal de l'un il veut aller à l'autre.
Mais le vil Tolérant, fauffement converti,
Transfuge fans honneur, fans honte travefti,
S'enveloppe avec art, échappe avec adreffe ;
Le mourant à fon tour fidele a fa promeffe,
Le dérobe au Prélat qui faintement frémit,
Et fur le feul foupçon lance un fage interdit.
Mais que vois-je ? A la cour ce zele magnanime
Au pied du trône eft peint fous les couleurs du crime.
B... que fait agir l'interêt de la foi,
Trop foumis à fon Dieu, l'eft trop peu pour fon Roi.
Qu'entends-je ! A quel parti Louis peut fe réfoudre.
Les cedres du liban font frappés de la foudre.
B... qui par refpect pour nos mifteres faints
En privat conftamment les indignes coffins :
Et, pour mieux enhardir les Prélats de Provinces;
Les refufat lui-même au premier de nos Princes :
B... qui dans faint Leu fit des exploits fi beaux,
B... fi néceffaire aux foins des Hôpitaux,
De la fage Moifan ce défenfeur fidele,
Pour fes cheres brebis ce Pafteur plein de zele,
Lui, qui craint la louange au point qu'un compliment
Attire un interdit à l'auteur imprudent :

Ce modefte cenfeur du loyolifte habile ;
Qui fût, nouveau Scarron, traveftir l'Evangile :
L'Ambroife de nos jours, victime de la foi,
B... part pour Conflans, exilé par fon Roi.
Qui le croiroit ? Il part, mais grand dans fa difgrace ;
(Sans peine on le croira) plein d'une noble audace,
Jufques dans les revers il montre un front ferein,
Et fçait même en exil agir en Souverain.
Il y tient table ouverte, il promet, il menace,
Il frappe, il interdit, il dérange, il déplace ;
Reculer, à fes yeux n'eft jamais à propos ;
Le vrai zele pour Dieu forme les vrais Héros.
Vous, dans l'Epifcopat fes collegues fi dignes,
Plus grands par vos vertus que par vos rangs infignes ;
Témoins d'un fi beau fort, le ferez-vous envain ?
Non, L..., jeune encor, mais plein d'un feu divin,
Qui par un beau talent dont jamais il n'abufe
De nos dogmes facrés a la fcience infufe,
Attentif fur B..., l'intrépide L...
Pour agir vivement, n'attend que le fignal.
On le donne, il s'avance ; & contre un tas de filles,
Organes de l'erreur, dangereufes Sibilles,
Des grands M... l'illuftre rejetton,
Va de l'Hydre cloîtrée affronter le poifon.
L'effort fans le fuccès prouve au moins la vaillance.
De là contre un mourant fierement il s'élance.
Un Docteur aux abois irrite fon courroux.
Chargé d'ans & de maux, l'inflexible Coignoux,
D l'antique Sorbonne eft un malheureux refte.
.... voyant dans lui le progrès de la pefte,

Prudemment fe retire , & le tendre Prélat
A l'obftiné pécheur épargne un attentat.
De ces exploits divers quelle eft la récompenfe ?
On exile L.... Y Penfe-t-on ? La France
Va donc paffer bientôt fous le joug de l'erreur.
Déja dans le Clergé l'on feme la terreur.
Quel feu dans tout Paris ! Contre la bulle même
L'anonime écrivain plus hardiment blafphême.
Le Magiftrat triomphe , & leve un front altier.
La dévote au teint blême, en modefte panier,
Rit fous cape, foupire & court chez fa voifine,
Du décret qu'elle abhorre, annoncer la ruine.
" Enfin le Ciel s'explique , il doit être aboli ,
" Dit-elle , & le Roi veut qu'il tombe dans l'oubli.,,
Il le veut ? Mais j'entends un nouveau Chrifoftôme
Qui s'attire bientôt les regards du Royaume,
Pr... ce brave Athlete , & rival de Morus
S'oppofe aux volontés du moderne Titus.
" Oui, dit-il, c'eft à nous que le Ciel illumine,
" De parler. Nous avons les clefs de la doctrine.
" A notre égard la loi ne fçauroit avoir lieu.
" L'obferver, ce feroit défobéir à Dieu.
" Rome a parlé. Voila mon oracle, & je brule
" De répandre mon fang pour la celefte bulle.
" Dans fon fens naturel la bulle eft à nos yeux,
" De l'Evangile faint l'abregé précieux.
" Un Evêque de l'un , s'il doit être l'Apôtre,
" Sans crainte fur les toits doit auffi prêcher l'autre.
" Profânes Magiftrats, oui , je vous brave tous ;
" Les Pafteurs d'Ifraël auroient-ils peur des coups ?

« En mourant pour la bulle on vole à la victoire. »
Empire des François, quelle feroit ta gloire
Si la Religion n'avoit jamais chez toi,
Que des Pr... pour chefs, pour appui que leur foi !
Mais à peine en vois-je un qu'anime fa harangue;
Le cœur s'il est glacé, glace à fon tour la langue.
Po., le feul Po. dans fes mœurs fi réglé,
Si cher à fon troupeau, pour la foi fi zélé,
S'expofe à mille traits pour le décret de Rome.
Dans le Prélat chez lui brille auffi le grand homme.
Avec quel noble orgueil il foule au pied l'argent !
Hors la bulle, à fes yeux tout est indifférent.
L'Huiffier dans fon palais, le Sergent à fa porte,
Des fupports de Thémis une avide Cohorte,
Enleve du Prélat les meubles précieux :
Et le Prélat tranquile, au ciel leve les yeux.
Aux ordres de fon Roi, fourd, quand le ciel l'ordonne;
Muet pour l'intérêt, mais pour la bulle il tonne.
Le prix de la vertu dans ce tems quel est-il ?
Voyez, privé de tout Po. marche en exil.
C'est ainfi des François qu'on traite l'Athanafe,
Dont l'exemple devroit nous ravir en extafe.
Mais loin de l'imiter, Prélats, vous pâliffés.
La bulle est notre regle, & vous la trahiffez.
De notre augufte foi protecteurs infideles,
Sur les tours d'Ifraël aveugles fentinelles,
Quoi, vous ofez vous taire, & pour vos chers troupeaux
Chiens muets, vous perdez quarante ans de travaux !
Si la bulle à vos yeux étoit fans conféquence,
Pourquoi pour un chiffon troubler toute la France ?

Mais fi de l'efprit faint ouvrage précieux ;
Elle apprend aux humains la doctrine des cieux ;
Prélats en fa faveur en pouvez-vous trop faire ?
On la charge d'affronts, & vous pouvez vous taire !
Parlez ; que dis-je ? Il faut jetter des cris perçans.
Trompettes de Sion de vos triftes accens
Rempliffez le Royaume ; allez, vrais Ifaïes,
Vengeurs des droits du Ciel facrifier vos vies :
Gardez-vous d'obferver l'ordre d'un Roi furpris ;
Jufques au pied du trône il faut pouffer vos cris.
Faites plus ; vous voyez que par tout on méprife
Dans votre faint décret l'ouvrage de l'Eglife :
Témoins des attentats commis contre fa loi,
Dans le danger extrême où vous voyez la foi ;
Convient-il, des mondains moins cenfeurs que com-
            plices,
De vivre mollement plongés dans les délices ?
Vos feftins, vos pompes excitent nos foupirs ;
La bulle eft dans l'opprobre, & vous dans les plaifirs.
Quand la vérité fouffre ; ha, voit-on Jérémie
Dans les joies & les ris paffer toute fa vie ?
Prenez donc le grand deuil ; pleurez amerement :
De vos fuperbes chars defcendez humblement.
Dans le fac, fous la cendre annoncez votre bulle ;
Grand Ambroife, à ta voix Théodofe recule.
Louis furpris de voir des Prélats pénitens,
Pourra-t-il à vos pleurs fe refufer long-tems ?
Ou, de vos dignités fi l'Eclat vous difpenfe
D'imiter les faints Pauls, de faire pénitence ;
Hé bien, laiffez ce foin à ceux qui le pourront :

C

Pleins de zele à Citeaux les Moines la feront.
Mais du moins des Docteurs s'arment-ils de leurs
      plumes.
Pour défendre la bulle, enfantez des volumes.
Imitez un Languet: auprès de ce géant
Petit-pied n'est qu'un nain, Colbert n'est qu'un enfant.
Ses Ecrits si marqués au coin de la logique,
Seront le désespoir de l'impuissante clique.
Aussi que d'acceptans ont-ils fait dans Paris !
Tournely de sa main les a même transcrits.
Quel exemple ! Languet n'est pas le seul modele,
Prélats, qui doive ici ranimer votre zele.
Laborieux la Taste, illustre Charanci,
Ombre de Saléon, manes du grand Bissi,
Reparoissez, sortez de vos abîmes sombres,
Voyez, vos successeurs ne valent pas vos ombres.
Du moins dans vos Ecrits vous nous parlez encor.
Vous revivez pour nous dans ce riche trésor.
L'un dans les doux accès de son pieux Délire,
De Satan sans pâlir fondant le sombre empire,
Nous apprend sagement que l'ange séducteur
Peut même au nom du Christ, rival du Créateur,
Déranger à son gré les loix de la nature.
L'autre dans les secrets d'une cabale impure,
Conduit par l'esprit saint, dévoile à l'univers
De complots monstrueux l'assemblage pervers.
Quel service important ! Sans cette découverte,
Et l'Eglise & l'Etat, tout couroit à sa perte.
L'autre des Belleli triomphe en expirant ;
Tous du fonds du tombeau prêchent éloquemment.

Mais dans leurs succeſſeurs ce n'eſt plus qu'une écorce;
Leurs bouches ſont ſans voix,&leurs plumes ſans force.
Simulacres vivans, que la bulle a formés ;
Squelettes aujourdhui pour elle inanimés ;
Cependant le mal preſſe ; Ecoutez l'héréſie,
Qui d'un air triomphant dans mille écrits publie :
Que l'homme ſous la grace eſt ſans activité,
Dans le bien ſans mérite, au mal néceſſité...
A ces mots ; ha ! Je vois le feu qui vous anime.
On prend la plume enfin, chacun de vous s'escrime.
Mais où portent vos coups ? Hé, vos efforts ſont vains;
Dom Quichottes ſacrés vous bravez des moulins.
Ce n'eſt point là, Paſteurs, que vous conduit la bulle ;
Voici, voici le monſtre affreux & ridicule
Que ce décret attaque, & qu'il faut avec lui,
Si l'on veut l'obſerver, foudroyer aujourdhui.
" *Sans Dieu l'on ne peut rien. Ciel, quelle extravagance !*
" *Ce Dieu peut ce qu'il veut. Tout cede à ſa puiſſance.*
" *Quand il veut ſauver l'homme en tout tems, en tout lieu ;*
" *L'indubitable effet ſuit le vouloir d'un Dieu.* ,,
Quel blaſphême ! *"Un pécheur du crime n'a pas honte ?*
" *C'eſt ſageſſe & bonté de l'éprouver.* " Quel conte !
" *Il faut n'aimer que Dieu.* Quelle horreur ! *Son amour*
" *Seul juſtifie, & ſeul mène à l'heureux ſéjour.* ,,
Quelle témerité de damner un Socrate !
L'infidele n'eſt-il qu'un frivole Automate,
Qui créé pour le ciel, ſans foi n'y peut entrer ?
" *Sans charité le Juif n'y ſçauroit pénétrer ;*
Pourquoi donc ? *"Un Chrétien, qu'une crainte de bête*
" *Pouſſe, ne peut du Ciel obtenir la conquête.* ,,

Menfonge : dans Languet le contraire eft marqué.
« *A lire l'Ecriture on doit être appliqué* ; „
Rien de plus malfonant : dès lors qu'elle eft obfcure ;
Un Laïc fait mal de lire l'Ecriture.
La lit on en Efpagne ? « *On doit fur le ferment*
« *Etre très-réfervé. Dieu le veut.* Quefnel ment.
« *Un Chrétien que conduit fa paffion brutale*
« *ne doit pas s'approcher de fon Dieu.* „ Quel fcandale !
Indignés à ces traits , vous frémiffez Prélats.
Votre foi fe réveille enfin , & dans Br.
Je vois qu'un feu nouveau dans fes regards petille.
Il fe leve : oui , dit-il, la bulle ou la baftille.
Ou plutôt, pour punir l'inflèxible oppofant ,
Vivant fans loi, qu'il meure auffi fans Sacrement.
Ch. à ces mots d'un pas ferme s'avance.
Trop heureux Ch. , s'il eut dû fa naiffance
Au fein d'une monique inftruite de la foi :
Mais fa mere. expirante écarte avec effroi ,
Le décret, dont par tout le fceau caractérife
Quiconque doit entrer dans la terre promife.
« Hé bien, dit faintement fon fils : fur mon devoir
« La nature en ce jour doit-elle prévaloir ?
« Non, miniftres facrés, fermez le fanctuaire ;
« Ma mere au faint décret veut mourir réfractaire. „
Grands fentimens ! Br. applaudit. Son Clergé
Qui l'anime, à fon tour eft par lui protégé.
Digne d'un plus beau fort le grand Joannis lui-même
Sufpecté dans fa foi, périt fous l'anathème.
Du filence ordonné l'arrêt infructueux ,
N'eft qu'un obftacle vain pour les cœurs vertueux.

Ne vous démentez pas , Bullistes intrépides ;
Mais quoi!Dans l'heureux cours de tes progrès rapides,
Tu t'arrêtes, Br. ? Du Senat Provençal
Pourrois-tu redouter le foible tribunal ?
S'il ose violer les saints droits de l'Eglise ,
Est-ce envain dans tes mains que sa foudre est commise?
Ta crosse à quoi sert-elle ? Hé , frappe seulement,
Tu verras à tes pieds ramper le Parlement.
Mais quand la peur saisit, tout Conseil est stérile.
Br. dans Avignon va chercher un azile.
Ah , quand le Pasteur fuit, que devient le troupeau ?
Mourir pour le sauver seroit un sort si beau.
Mais non , chacun trahit l'honneur des tabernacles.
Est-ce ainsi , juste ciel, qu'on défend tes oracles ?
La bulle n'est donc plus un ouvrage divin ?
Je lui cherche un vengeur , & je le cherche envain.
Bel. ne dit mot. Ber. recule à Vannes ,
Et d'un loup à Carnac court encenser les manes.
Du glorieux Bissi le rusé successeur
Démontre sa foiblesse , en montrant son ardeur.
Dans Meaux le vieux Pastel, scandaleux hérétique ;
Est exilé: pourquoi ? Le Prélat politique
Ecarte lâchement le coup qu'il sçait prévoir,
Et craint plus le Sénat qu'il n'aime son devoir.
Ah , lâches , décorés d'un si beau caractere ,
Ignorez-vous les droits du sacré ministere ?
Faut-il vous rappeller ces célebres Pasteurs,
Dont la bulle autrefois a reçu tant d'honneurs ;
Un Lafare malgré l'autorité suprême ,
Vrai lion , quelquefois blessé, toujours le même ;

Brulé dans ſes écrits, mais brulant pour la foi,
Contre le rigoriſme en tout tems je le voi
s'armer; & le cœur plein d'une ſainte amertume,
Le combattre avec ſoin par ſa vie & ſa plume:
Foreſta, quel héros! Qui ſous un Roi mineur,
Interjetta ſans crainte appel au Roi majeur:
Un J... qui bravoit & Senat & Monarque,
Pour donner de ſon zele une éclatante marque:
Un Gigault qui toujours la bulle devant lui
Dans Paris la feroit triompher aujourdhui,
Si le démon jaloux n'eut ravi ce grand homme:
Un S. A. (la foi ſourit dès qu'on le nomme.)
Si fier contre Queſnel, ſi dévot pour la croix:
Beaufort qu'un feu ſi vif tranſportoit quelquefois,
Et tant d'autres formés au ſein de l'héroïſme;
Formidables marteaux du fatal Janſeniſme,
Moliniſtes profonds, qui dans ſaint Auguſtin
Voyoient à chaque trait leur ſiſtême divin;
Jour & nuit occupés de la bulle immortelle,
Sans goût que pour ſa gloire, & ſans yeux que pour
   elle.
Auſſi leurs noms chéris, à jamais conſacrés,
Vivront en lettres d'or dans nos faſtes ſacrés.
Prélats tels ſont vos chefs; C'eſt ſur leurs nobles traces
Qu'il faudroit, ſans pâlir, affronter les diſgraces.
Que riſquez-vous? Vos biens? Bagatelle. Le Ciel
Eſt-il trop acheté par un vil temporel?
La liberté? Mais quoi! Zélé pour l'équilibre,
Un Prélat dans les fers n'eſt-il pas toujours libre?
Votre vie? Hé la bulle en mérite les frais.

La gloire du martire eſt-elle ſans attraits ?
Diſſipez donc, Prélats, vos injuſtes allarmes.
Vous pouvez faire plus: n'avez-vous pas des armes ?
Portez-vous dans vos mains des foudres impuiſſans ?
Ils frappent d'autant plus qu'ils touchent moins les ſens.
Vos ſuccès ſont certains ; à d'inviſibles armes,
Que peut-on oppoſer que des vœux & des larmes ?
Maîtres du ſombre abîme, ouvrez-le, à vos genoux
Ou l'ennemi ſe jette, ou périt devant vous.
Faites donc tout tomber ſous vos glaives de flammes.
Oui, pour ſauver la bulle, il faut damner les ames;
Et c'eſt par charité qu'on les met en enfer ;
Habiles médecins, par le feu, par le fer,
Retranchez d'un côté, vous guerirez de l'autre.
A Corinthe autrefois on vit le grand Apôtre,
Armer même Satan contre un crime commun.
Mais voyez aujourdhui que de forfaits dans un !
Cent têtes à l'erreur tombent par vos maximes :
Ainſi les rejetter, c'eſt commettre cent crimes.
Armez-vous donc, Prélats, des traits du Vatican.
Frappez les criminels, livrez-les à Satan.
Mettez la France en feu, n'épargnez pas les trônes ;
Le reſpect à vos pieds mettra juſqu'aux couronnes.
Mais je parle à des ſourds que la crainte a glacés.
Sur vos ſieges brillans n'êtes-vous donc placés,
Que pour mettre au grand jour l'opprobre de l'Egliſe?
On ne voit plus dans vous cette noble franchiſe,
Qui vous faiſoit au vrai marcher avec grandeur.
Va-t-on à Dieu ſans feinte ? On y va ſans frayeur.
Ce n'eſt plus parmi vous que fraudes, qu'artifice,

Et pour vous entrainer au fonds du précipice ;
Le fordide interêt connoit plus d'un détour.
Enfin l'homme de Dieu n'eft qu'un homme de Cour.
Qu'un fidele (il le peut fur la foi d'un faint pere)
Dépofe du chrétien l'augufte caractere,
On doit lui pardonner : mais vous, chefs d'Ifraël,
Flambeaux de l'Univers, interprètes du Ciel ;
A nos yeux étonnés qu'un mafque vous déguife,
Ah fi vous fuccombez, colomnes de l'Eglife,
Nous, fragiles rofeaux, quel fera notre efpoir ?
Et l'Eglife enfeignante où pourra-t-on la voir ?
Tous d'un fi bel accord pour recevoir la bulle ,
Vous fixiez donc la foi : mais fi chacun recule,
De concert pour l'erreur , au mépris de la loi
Quel indigne foufflet vous donnez à la foi !
Que dira l'héréfie ? Ha ! Voyez, dira-t-elle,
“ Sur fon facré dépôt fi l'Eglife eft fidele.
“ Tous fes chefs aujourdhui divinifent des loix ;
“ Et tous le lendemain pour elles font fans voix.
“ Cette pluralité qui doit fervir de guide,
“ A préfent pour l'erreur clairement nous décide.
“ Tous fe taifent : quel cas méritent fes décrets,
“ Si l'Eglife enfeignante a pour chefs des muets „?
L'hérétique eut-il tort de tenir ce langage,
L'honneur feul doit, Prélats, foutenir votre ouvrage.
Par le vent de la Cour retournez aujourdhui,
S'il change, on vous verroit tous changer avec lui.
Sous un fouet inconftant tel eft le buis mobile
Au gré d'un vain caprice aveuglément docile,
Que fait tourner l'enfant dont il eft le jouet.

Un

Un Evêque doit-il craindre les coups de fouet?
Du confubftantiel le feul mot en attire
A cent Pontifes faints : mais l'efpoir du martire
Les foutient fous les coups, leur foi fait leur appui.
Ne s'agit-il, Prélats, que d'un mot aujourdhui?
Cent erreurs à la fois, mifes en évidence,
(Voyez comment le pus fort avec abondance)
Succombent fous le poids d'anathêmes divers.
Ce décret qu'a figné la main de l'Univers,
Offre donc (froidement, Prélats, peut-on l'entendre?)
De la religion tout le corps à défendre?
Et vous, fes défenfeurs interdits, étonnés,
Sur un mot de Louis, quoi! Vous l'abandonnez.
Si dans ces triftes jours vous manquez de conftance,
Ah que des maux, grand Dieu, vont inonder la France!
Ecoutez & tremblez : je vois un monftre affreux,
(Ciel daigne détourner des malheurs fi nombreux)
Qui s'éleve, s'agite, & répand dans fa courfe
Un funefte poifon dont l'enfer eft la fource.
Quel monftre! Il fait trembler. Rigorifme eft fon nom.
Couvert des beaux déhors de la religion,
D'abord il éblouit : fon regard en impofe.
A l'entendre, le Ciel lui confiat fa caufe.
Mais faut-il en juger par le premier coup d'œil?
Sur fes pas la trifteffe en longs habits de deuil,
Voyez, traine après foi la fombre pénitence.
L'Evangile à la main, la froide temperance
Contente de ce bien, me glace en s'avançant.
La plaintive oraifon près d'elle en méditant
Marche, fouvent s'élance & frappe fa poitrine.

D

Le jeune d'une main portant la difcipline,
Et de l'autre une croix, fe traine avec effort,
Et dans fa tête m'offre une tête de mort.
Un voile fur les yeux, voulant être inconnue,
L'humilité fe cache, & s'échape à ma vue.
En lugubre appareil, couvert d'un crêpe noir,
Triftement précédé de l'auftere devoir,
L'œil noyé dans les pleurs, la douleur fur la face,
Un pécheur converti fuit en demandant grace.
Et pour fermer enfin ce cortege effrayant,
L'œil en feu, fer en main, marche d'un air bruyant.
La perfécution, Eumenide farouche,
Qui refpire le fang, le vomit par la bouche,
En fait couler des flots... Ah Ciel! Ah chers Prélats,
Hâtez-vous; de la bulle, armés, armés vos bras;
Avec elle chaffez l'odieux rigorifme.
Ennemi déclaré du riant Pichonifme,
Il va tout défoler: Bachus perd fes Autels,
L'amour fes rendez-vous, Momus fuit les mortels.
Il faudra déformais combattre la nature.
Prélats. Peut-on ne pas aimer la créature?
Vous le fçavez. Déja je vois en long manteau
Le vifage ombragé d'un immenfe chapeau.
La fevere reforme, & qui d'un ton d'oracle
Défend rouge, panier, frifures, bal, fpectacle.
Plus de ris, plus de jeux, théâtres, opéras,
Vous tombez. Ah que vois-je! Accourez, chers Prélats.

Ridiculum acri
Fortius ac melius magnas plerumque fecat res.
F I N.

POST : SCRIPTUM.

QUELLÉ horreur , diront certains Lecteurs fcru-
puleux , quel fcandale ! De tels Ecrits font-ils
donc l'ouvrage de la charité ? La vérité pour fe défendre a-t-elle recours aux perfonnalités ? Attendez ,
cher Lecteur , la confcience parle fouvent fans réfle-
xion. Sa délicateffe occafionne quelquefois des erreurs. L'horreur même du mal peut faire tort au dif-
cernement. Sem fit bien de jetter un manteau fur
Noé. Mais Jofeph fit-il mal en dévoilant la honte de
fes freres ? Médire eft fans doute un crime. Dire du
mal n'en eft pas toujours un. Toute calomnie eft pu-
niffable : mais toute raillerie ne l'eft pas. La premiere
des ironies n'eft-elle pas fortie de la bouche de Dieu
même ? La charité incarnée a-t-elle épargné les Héro-
des ? Que des traits lancés par le plus doux des hommes contre les Princes des Prêtres ! Les Auguftin , les
Jerôme , les Grégoire , les Hilaire n'avoient-ils pas
une confcience délicate ? Et cependant quelle vivaci-
té dans les apoftrophes ironiques dont leurs ouvrages
font femés ? Il eft des plaies , qui ne demandent pour
être guéries que de l'huile & du beaume. Il en eft
d'autres qui ne peuvent l'être que par le fer & le feu.
N'eft-il pas étrange qu'après la foule d'Ecrits triom-
phans produits contre la Bulle , on s'opiniâtre aveu-

glément pour fa défenfe. Et doit-on autre chofe que des railleries à qui prétend que la lueur d'une lampe l'emporte fur l'éclat du foleil ? Si les Evêques n'ont pas lu ces ouvrages, leur pareffeufe indifférence ne doit-elle pas faire horreur & pitié ? Sur quels fronts fera-t-il permis de jetter de la confufion, fi c'eft un devoir de la leur épargner ? S'ils les ont lus, que n'en détruifent-ils les raifons par des plus fortes ? Pourquoi toujours fe retrancher dans un principe dont la fauffeté leur a toujours été démontrée. Leur érudition méchanique fe réduit toujours à répéter que la Bulle eft un jugement doctrinal, loi de l'Eglife & de l'Etat. Si l'on rendoit un principe vrai en le répétant, celui-ci feroit de la plus grande certitude. Mais ce font des preuves qu'il faut, & non des redites. Si l'on nous renvoie aux ouvrages de Meffieurs Languet & Biffi, c'eft nous dire, ou qu'on n'a pas lu ceux de leurs Adverfaires, pareffe impardonnable ; ou qu'on les a trouvés moins folides, aveuglement funefte affez combattu pour ne plus mériter que des railleries.

Mais la raillerie, dira-t-on, doit être réferrée dans certaines bornes. D'accord, 1°. Elle ne doit pas dévoiler des vices fecrets. Auffi dans quel coin du Royaume ignoroit-on avant cette Epitre des traits dont les Gazettes même inftruifent les plus indifférens. 2°. Elle ne doit tomber que fur un ridicule réel. Mais le ridicule ne perce-t-il pas à travers le perfonnage que veulent jouer certains Evêques ? L'air de

religion qu'ils voudroient prendre ne grimace-t-il pas
fur leurs vifages? Les Oppofans, difent-ils, font des
pécheurs publics. Et le public demande tous les jours
quel eft leur crime. Quoi de plus ridicule que de
mettre en dépit du bon fens dans la claffe des Comé-
diens, des Ufuriers, & des Adulteres connus pour
tels, des hommes que l'on connoit pour les Citoyens
les plus fages, les Sujets les plus fideles, & les Chrétiens les plus édifians? Quoi de plus ridicule que d'é-
xiger des fermens fans en fpécifier l'objet, de crier
à l'hérétique fans montrer d'héréfie, de jouer le mar-
tir dans le fein des plaifirs? Quel travers inoui d'of-
frir les faints mifteres au Déifte qui les méprife, & de
les refufer au Catholique qui les défire? Ceci paffe la
raillerie. Ce contrafte indigne. Et quand l'indignation s'en tient à la raillerie, ne devroit-on pas lui
fçavoir gré de fa modération?

3°. La raillerie doit refpecter les caracteres, & mé-
nager les dignités. A Dieu ne plaife qu'on veuille
infpirer du mépris pour l'Epifcopat. Ce n'eft pas dans
les Ambroifes feuls qu'on honore le faint caractere.
Les moins dignes de le porter ne le rendront jamais
vil à nos yeux. Et n'eft-ce pas montrer du zele pour
fa gloire que d'en venger l'honneur outragé? Avec
quel refpect on fe profterneroit aux pieds de ces mê-
mes Evêques que l'on cenfure, fi l'Evêque fe mon-
troit feul dans leurs perfonnes? Que Monfieur de
Beaumont change, n'aura-t-il pas à craindre d'être
trop chéri, trop refpecté dans une Ville où l'on ne

parle de fón aveuglement que pour le plaindre , &
de fes fautes qu'en les excufant. Si l'expreffion, cher
Lecteur, vous a paru quelquefois trop dure, ou la
raillerie trop piquante , au moment que le refpect l'ar-
rêtoit , elle échappoit à l'indignation. Nous gémif-
fions les premiers de la voir juftifiée par la vérité.
Plut à Dieu qu'on put nous convaincre de calomnie ;
le jour de l'amende honorable feroit pour nous un
jour de Fête.

4°. La raillerie doit fe propofer un effet falutaire.
On ne s'en promet aucun d'un ouvrage fi peu refléchi,
dont un inftant a fourni l'idée, qu'un travail de trois
jours a fi mal remplie.On ne s'attend pas à voir éclorre
de cette lecture aucun heureux changement. L'ironie
eft moins faite pour défendre la vérité, ou pour ga-
gner fes Adverfaires que pour les défarmer. Quel eft
le Jéfuite que les Provinciales ont converti ? Cependant, fi l'efpérance d'être utile étoit mal fondée , on
n'en avoit pas moins l'intention de l'être. L'aiguillon
qu'on emploie peut ne pas toujours paroître celui de
la charité, & cependant l'avoir toujours été. Quel autre but pourroit-on avoir en raillant les Evêques fur
leurs efforts en faveur de la Bulle , que de les dégoû-
ter d'une piece qui ne fait que du mal, leur enlever
la chimere qui les occupe pour tourner leurs vues
fur des maux plus dignes de leur attention. La Dé-
claration du Roi n'eft-elle pas le chef-d'œuvre d'une
fage politique qui tend à concilier tous les interêts ,
qui ménage l'amour propre des Evêques en leur
fauvant le défagrément d'une rétractation, & facilite

leur retour au vrai, en rendant leur changement aux yeux des peuples le fruit infenfible d'une légitime obeiffance ? Qu'ils fe taifent fur un phantôme d'héréfie qui n'a d'être que dans leur imagination, & qu'ils ouvrent les yeux fur les monftres réels dont les ravages de leur Diocèfe ne prouvent que trop l'exiftence. Ignorance dans les campagnes, corruption dans les villes, relâchement dans la morale, profanation des chofes faintes, décadence dans les études, libertinage d'efprit, affoibliffement dans la foi, extinction de la charité, mépris des loix de Dieu & de l'Eglife ; voila les objets qu'on voudroit fubftituer aux chimériques erreurs contre lefquelles les Prélats exercent depuis tant d'années un zele d'autant plus ridicule, qu'on leur crie de tous côtés qu'elles n'ont point de partifans. Heureufe fans doute la raillerie, qui les faifant enfin rougir de leurs injuftes préventions, les rameneroit au vrai bien de leurs Diocèfes, & d'où réfulteroit la paix de l'Eglife, le calme de l'Etat, & la gloire du nom du Seigneur. *Imple facies eorum ignominiâ, & quærent nomen tuum, Domine.*

www.ingramcontent.com/pod-product-compliance
Lightning Source LLC
Chambersburg PA
CBHW061622180626
46818CB00005B/2184